L'INCREDULE

AU JUGEMENT DE DIEU,

POËME.

L'INCREDULE

AU JUGEMENT DE DIEU,

POËME.

A PARIS,

Chez **PRAULT** fils, Quay de Conty, vis-à-vis
la defcente du Pont-Neuf, à la Charité.

M. DCC. XLIII.

L'INCREDULE

AU JUGEMENT DE DIEU,

POËME.

QUE ta Beauté ravit, chaſte Religion !
Qui me tranſportera dans cette Région,
Sous ces ſacrés Lambris, marqués par la Victoire,
Que l'Arbitre des Cieux réſerve pour ta Gloire,
Tandis que loin de toi, l'Impie avec ſes Crimes,
Se verra foudroyer dans le fond des Abîmes,
Er qu'il reconnoîtra ton ſouverain Pouvoir,
Moins par tes Traits vengeurs, que par ſon déſeſpoir

Il va naître ce Jour, ce Jugement terrible,
Ce Bonheur inéffable, & ce Tourment horrible.
Il va naître pour vous, Homme juſte ou pervers ;
Pour Vous à chaque inſtant, ſe diſſout l'Univers.

A ij

O Trône innacceſſible ! O fatale Lumiere !
S'écrira l'Incredule au bout de ſa Carriere.
Quels feux m'ont pénetré ! Je crois. Je vois. Je ſens.
L'auguſte Vérité ſe découvre à mes Sens ;
Près d'Elle j'aperçois cette Fille céleſte,
Qui m'eût été propice , ... & me devient funeſte ;
Qui me fait concourir à ſa ſéverité,
Et de ſon Jugement, avoüer l'Equité.

Fut-Elle ſans éclat, dans le cours de ma vie ?
Mon Incredulité l'auroit-Elle obſcurcie ?
L'Aſtre reſplendiſſant, qui régne dans les Cieux,
En éclairoit-il moins, quand je fermois les yeux ?
Je répandis ſur Elle un voile volontaire ;
J'éteignis ſa clarté, pour moi ſi ſalutaire . . . . .
Mais non. J'ai vû briller ſes Rayons ſouverains,
Et pour les éclipſer mes efforts étoient vains :
Elle perçoit le voile ; & ſa vive Lumiere,
Souvent a malgré moi déſillé ma Paupiere.
Que de traits éclatans, lancés de toutes parts,
Venoient frapper alors d'inſenſibles regards !
Que n'aurois-je point vû, ſi ma Raiſon rebelle,
N'eût voulu s'égarer de ce Guide fidéle !

Inviſible à mes yeux par ſa propre ſplendeur,
Dieu retraçoit par tout ſa ſuprême Grandeur.
Une Voix, dans mon ſein , prompte à le reconnoître,
L'atteſtoit vivement pour l'Auteur de mon Eſtre.

Avoüoit, Dieu Puiſſant, qu'envers Toi, mon amour,
Etoit de tes Bienfaits, un trop juſte retour.

Un Culte eſt ſur la terre, & ſa Flâme Divine,
Eut avec l'Univers une même origine,
Du premier des Humains il embraza le cœur,
Et le dernier Mortel ſentira ſon ardeur.
D'un pas toûjours égal, il franchit tous les âges,
Sa brillante carriere eſt pure & ſans nuages :
Le Ciel entend ſa voix : des Prodiges puiſſans,
Subjuguent ſans retour, la Raiſon par les Sens.
Ouvrage du Très-Haut, il en porte l'Empreinte,
Il répand dans les cœurs ſon Amour & ſa Crainte,
Rend l'Homme révolté, ſoumis à ſon Auteur,
Le délivre du Joug d'un Monde ſéducteur,
Enfante les Vertus, anéantit les Vices,
Et fait éclore enfin, d'immortelles Délices.

Qu'ai-je fait ? Malheureux ! Ce Culte ſi parfait,
De ma cenſure, hélas ! fut l'éternel objet.
Suivant avec ardeur, la fiére Indépendance,
Séduit par les attraits de la molle Indolence,
Mon Eſprit lâche & vain, ne ceſſoit de ſévir,
Contre une autorité qui vouloit l'aſſervir.

J'érigeai dans mon cœur, un Tribunal impie,
Où je fis préſider ma Raiſon aſſoupie :

Devant-Elle aussi-tôt, je citai mon Auteur,
J'osai de ses Decrets sonder la profondeur,
A mon esprit borné je réduisis sa sphere,
L'Estre par le Néant reçût une Barriere.
Mes Penchans criminels, mon Orgüeil, mes Excès,
Sacriléges Témoins, déposoient au Procès.
Ils accusoient ce Dieu, d'une rigueur extrême,
Au mépris de ses Loix ajoûtoient le Blasphême,
Les faisoient annuller au gré de mes fureurs,
Et sur leurs Saints débris élevoient mes Erreurs.
C'est ainsi qu'éclata mon audace Incredule.
Telle fut, (j'en frémis !) l'Insolente formule,
Que j'admis pour braver l'Empire de la Foi,
Et juger follement, entre le Ciel & moi.
De ce noir attentat j'osois tirer ma gloire,
Mes Sens plus déreglés, signaloient ma Victoire.

Mais pour les réprimer, un autre Tribunal,
Un Juge domestique, integre, capital,
Me faisoit du premier, sentir l'Incompétence,
Et plus autorisé, revoquoit sa Sentence.
C'étoit cette Lumiere, * & ce Rayon perçant,
Qui dans tous les Climats, luit sur l'homme naissant.
C'étoit, c'étoit ce cri de la Loi primitive,
Si prompt à rappeller la Raison fugitive.
Ha ! Lorsque cette Loi, dans mon cœur révolté,
N'en exerçoit pas moins sa sainte Autorité,

____

* *Erat lux vera, quà illuminat omnem hominem venientem in hunc mundum. J. Cap.* 1.

Que de mes Paſſions, toute la violence,
Ne pouvoit un inſtant, la contraindre au ſilence,
Ni jamais la forcer dans ſes Retranchemens :
Avois-je donc beſoin de plus forts argumens ?
Et devois-je douter que le Culte ſublime,
Qui la cimenté en nous, qui l'épure, l'anime,
Rend plus féconds encor, ſes rameaux précieux,
Ne fût divin, comme Elle, & deſcendu des Cieux ?

Deux Monumens ſacrés, en conſervent l'Hiſtoire.
Le premier au ſecond, n'eſt que préparatoire.
Sans le ſouffle divin, qui tous deux les remplit,
L'un n'auroit pû prévoir, ce que l'autre accomplit.
Le Hazard ne ſçait point prononcer des Oracles.
Le Hazard ne ſçait point opérer des Miracles,
Ni former à propos, ces Révolutions,
Viſible Dénoûment de cent Prédictions.

Mais, fertile en détours, que ne peut le Menſonge !
Un Syſtême ſuivi, de ſa part n'eſt qu'un Songe.
L'Impoſture ne peut, dans le cercle des Temps,
Enchaîner à ſon gré, mille faits éclatans.

Combien ceux qui devoient captiver ma Créance,
D'une divine main, marquoient-ils la Préſence !

Douze hommes ſans crédit, ſans naiſſance, ſans bien,
Perſécutés du Juif, abhorrés du Payen,

Vont annoncer ces Faits, fans que rien les arrête,
Et méprifés du Monde ils en font la Conquète.

Soyez Juftes & Saints, difent-ils aux Mortels.
De vos cœurs épurés, formez autant d'Autels,
Où Dieu, qui vous prévient d'un regard falutaire,
Se plaife d'habiter, comme en fon Sanctuaire,
O célefte Doctrine! O langage fécond!
C'eft en obéiffant que l'Univers répond.

Le Juif & le Romain, le Grec, l'Afiatique,
Le Scyte, le Gaulois, l'habitant de l'Afrique,
Si différens de Mœurs, de Lois, de Préjugés,
Sous le Culte nouveau, déja fe font rangés.

On adopte par tout des maximes aufteres,
On croit fans héfiter, d'inéfables Myfteres,
On les croit; & les Fers, les Supplices, la Mort,
Pour en ôter la foi, ne font qu'un vain effort.
Qui me l'a donc ravie? Et pourquoi dans le calme,
N'ai-je pû moiffonner une tranquille Palme?
N'ai-je pû conferver ce Dépôt précieux,
Qui me fut au Berceau, tranfmis par mes Ayeux?

Hé! quels font les Autels qu'il me falloit abattre?
Où font les Préjugés que j'avois à combattre?
Les Peines, les Travaux que j'aurois dû fouffrir,
L'opprobre dont mon front fe feroit vû flétrir?

Falloit-il éprouver de fâcheufes Détreffes,
Sacrifier mon Rang, mes Honneurs, mes Richeffes,
M'arracher fans regret, aux Auteurs de mes Jours,
Immoler dans mon cœur, les plus chaftes Amours ;
Et Victime bien-tôt de la Haine publique,
Me préfenter aux Coups d'un glaive tyrannique ?

La Foi n'a point ainfi troublé mon horizon.
Sous un Ciel plus ferein, j'ai recueilli ce Don.
L'Encens qui s'éleva de ces grands Sacrifices,
Des Elûs du Seigneur confacra les Prémices.
Pour ces rudes Combats, ces pénibles Travaux,
Il falloit un Courage & des Hommes nouveaux.

Le Profélyte apprend à vaincre la Nature,
Il fçait en étouffer jufqu'au moindre murmure ;
Et la Croix qui conduit en cent lieux differens,
Ses premiers Amateurs au milieu des Tyrans,
Qui produit à ma foy, ces Témoins refpectables,
Les dépouillant de Tout, les rend irréprochables.

De quel droit ai-je pû, plein de témerité,
Accufer d'impofture ou de crédulité,
Du Menfonge odieux, les plus grands adverfaires ;
D'Evenemens publics, les Témoins occulaires,
Qui bravant tous les traits qu'on ofe leur porter ;
Difent ce qu'ils ont vû, meurent pour l'attefter ?

Difperfés, & toûjours prêts à fe reconnoître,
Leur mot de ralliment eft la Croix de leur Maître;
Cette Croix, leur opprobre, & leur gloire à la fois,
Qui paffe de leurs mains, fur la tête des Rois.

Du Dieu qui les foûtient, la Vertu fe déploie.
Le Mal fuit devant eux. Le Tombeau rend fa proie.
Arbitres du Pouvoir qui régne dans les Cieux,
Pour convaincre l'Efprit, ils démontrent aux yeux.
Argument décifif, & d'où la Providence,
Sans étude & fans art, fait naître l'Evidence.

Ainfi l'on voit en eux concourir à jamais,
Les Faits à la Doctrine, & la Doctrine aux Faits.
Les traits victorieux de leur Sainte morale,
Portent les derniers coups à l'Erreur infernale.
Que de Vices détruits, de Monftres abattus!
Le Fanatifme eft-il le centre des Vertus,
De l'aimable Candeur, de la pure Innocence,
De l'Amour le plus vif pour la Toute-Puiffance,
Du zéle pour le Bien, de l'horreur des Forfaits,
De l'exacte Equité, de l'Ordre & de la Paix?....

Mais quel nouveau Rayon plus lumineux encore,
Porte au fond de mon ame un Jour qui la dévore;
Jour affreux, Jour qui luit pour ma confufion,
Et qui m'offre à mes yeux, exempt d'Illufion?

Contente, tu le dois, ta Juſtice ſuprême,
Seigneur, force l'Impie à s'accuſer lui-même.
Force moi, Dieu jaloux, d'allumer ta fureur,
En découvrant ici, la Lépre de mon cœur.

Je vois de la Vertu la Route abandonnée,
Et de mes attentats la ſource empoiſonnée.
Oui, de mes Paſſions l'importune Clameur,
Du Doute dans mon Ame a cauſé la Rumeur,
Etourdi ma Raiſon, & fomenté ſans ceſſe,
De la chair & du ſang, la dangéreuſe yvreſſe.

Quels travaux m'a-t-on vû conſacrer jour & nuit,
A m'inſtruire du ſort où le Trépas conduit?
De la Religion ai-je fait une étude,
Où le Scrupule admît la même Rectitude
Que j'employai cent fois, le Compas à la main,
Pour ravir ces Talens, chers à l'Eſprit humain,
Ecarter loin de moi, l'Indigence importune,
Et ſçavoir ſur mes pas, enchaîner la Fortune?
Pour les Biens temporels, quelle ſagacité!
Pour les Biens éternels, quelle ſtupidité!
Ici, que de Langueur! Là, que de Vigilance!
Quelle inégalité de Poids & de Balance!

Sous l'Incredulité je mettois à l'abri,
D'un cœur voluptueux, le déſordre cheri.
J'éloignois avec ſoin, par de rebelles armes,
Ce qui dans cet Aſyle, eût porté les allarmes.

J'étouffois des Remords le prompt foulevement.
Le Privilege acquis de penfer librement,
D'élever mon Efprit au-deffus de la Crainte,
De fuivre mes Penchans, de bannir la contrainte,
Enchantoit ma Raifon, & m'infpiroit foudain,
Pour un Culte gênant, un orgueilleux Dédain.
Si du Ciel tout à coup, une flâme fortie,
Ranimoit de la Foi, la femence amortie,
Du torrent des Plaifirs, le cours impétueux,
Emportoit auffi-tôt, ce germe vertueux.

Il m'en eût trop coûté, dans mes fauffes Délices,
Pour mettre les Vertus à la place des Vices.
Avare, il m'eût fallu devenir libéral,
Du tort fait au Prochain, réparer tout le mal,
Fuir & l'Intempérance, & l'Orgueil, & le Fafte,
Et me rendre à la fois, Sobre, Modefte & Chafte.

Il m'en eût trop coûté, dans mon fougueux tranfport,
Pour me voir enlever le titre d'Efprit fort.
A la Religion dévoué, plus docile,
Ce fuperbe Elephant n'eut été qu'un Reptile.
Au ftupide Vulgaire on m'auroit comparé,
Parallele offenfant, qui m'eût deshonoré.
Tu le fçais, Dieu vengeur! Cette honte infenfée,
Je l'a redoutois plus, que ta foudre lancée.
Ainfi toûjours en butte aux Vents de mon orgueil,
La Vérité par tout, rencontroit un Ecueil.

Mon cœur plus endurci devenu plus coupable,
Dans un égarement, hélas! fi déplorable,
Je ne confultai plus que l'Intérêt affreux,
D'éteindre de la Foi, le flambeau lumineux.
Je déclarai la Guerre à qui vouloit me vaincre,
A ces Ecrits fameux, tracés pour me convaincre,
Des triftes vérités d'une Religion,
Toûjours trop formidable à ma rebellion;
Non, je n'en pouvois plus fupporter la penfée;
Pour la croire, mon cœur l'avoit trop offenfée:
Elle ne m'offroit plus que Tourmens mérités,
Et je la puniffois de mes Iniquités;
De Sophifmes errans je formois un Orage,
Et triomphant au Port, contemplois fon Naufrage.

Mais c'eft le mien, Grand Dieu, qu'ici tu me fais voir.
La Foudre va partir, & je n'ai plus d'efpoir.
Les Temps font arrivés, le Moment effroyable,
Où d'un faint Repentir l'ame n'eft plus capable.

Seigneur, ajoûtera cet Incredule enfin,
Avant que ton courroux confomme mon Deftin,
Avant que dans les feux me plonge le Tonnerre,
Pour les en préferver permets que fur la Terre,
Je reparoiffe * encore aux yeux de ces mortels,
Déferteurs, comme moi, de tes facrés Autels,

---

* *Si qui ex mortuis ierit, penitentiam agent.* L. Cap. 16.

Et qu'éclairé trop tard, je puisse dans leur ame,
Allumer assez tôt, une céleste flâme ;
Les sauver de l'abîme, où m'a précipité
Le même aveuglement, la même impieté.
Que mon exemple affreux en tarisse la source.
Il dira : Mais, Grand Dieu ! quelle est cette ressource ?
Qu'ose-t-il demander dans son vain repentir ?
Tout l'Olympe en tremblant, te voit lui repartir.
N'ont-ils pas de mes Loix les sacrés interpretes ?
N'ont-ils * pas dans leurs mains, Moyse, les Prophetes ?
Ils ont bien plus. Ils ont mon adorable Fils,
Sa divine Parole & ses Faits inoüis,
A leurs moindres desirs sa suprême Assistance.
Ils ont le Ver rongeur de leur Impénitence :
J'ai fait assez pour eux. Ennemis de la Foi,
Ils feront au Grand Jour convaincus comme toi.
Ils feront convaincus par ces remords funestes,
Fruit de l'Impieté qu'aujourd'hui tu détestes ;
Ils feront convaincus, en partageant ces Feux,
Qui t'ouvrent à l'instant le Gouffre ténebreux,
Ces Feux, que tu verras toûjours se reproduire,
Toûjours te consumer, sans jamais te détruire.

* *Habent Moyses & Prophetas , audiant illos. L. Cap.* 16.

*Regiftré fur le Livre de la Commnnauté des Libraires & Im-
primeurs de Paris, N°. 2491. conformément aux Reglemens, &
notamment à l'Arrêt de la Cour du Parlement du 3. Decembre
1705. A Paris le 9 Juillet 1742.* SAUGRAIN, Syndic.

Vû l'Approbation. Permis d'Imprimer. Ce 7 Juin 1743.
                                         MARVILLE.